I0684110

J. BESSON.

CARTES DE VISITE

AURILLAC.

IMPRIMERIE DE L. BONNET-PICUT.

1er Janvier 1870.

A MON AMI

Jules - Stany DOINEL.

Remember.

Pour paraître prochainement :

GERMANIA. — ARVERNIA.

POÈMES HUMORISTIQUES.

1 vol. in-8°.

CARTES DE VISITE.

I.

PORTRAIT - CARTE.

A J.-S. Doinel.

Vous qui de la Réalité
N'avez vu qu'un côté fragile,
Etes-vous bien sûr que l'argile
N'a point droit à l'Éternité?

Excusez ce bout de critique.
Votre *Pan-idéisme* bleu
Sans doute n'est pas un vain jeu
Sorti d'un cerveau prismatique.

Puissiez-vous, toujours résolu,
Remontant des effets aux causes,
Trouver dans le secret des *choses*
L'effarement de l'*Absolu*.

II.

RÉPONSE.

PORTRAIT - CARTE.

A mon ami J. Besson.

Dans l'Absolu je me plonge
Et je ne sais pas pourquoi,
Puisque l'Être n'est qu'un songe,
Je croirais à l'Être..., moi !

Car, sachez-le bien, poëte,
Car, sachez-le bien, ami :
L'*Idéal* est ma conquête,
Le *Réel* mon ennemi....

J.-S. DOINEL.

III.

PAN-IDÉISME ET RÉALISME.

A mon ami J.-S. Doinel.

Entonnez la fanfare
D'Icare ;
Planez loin du Réel,
Au ciel,
La force centripète

M'arrrête.
Les ailes de Rückert,
Mon cher,
Trouvent mes omoplates
Trop plates
Et je rase en mon vol
Le sol.

LE RÉALISTE.

« L'antique pesanteur à tout objet pendante »
— Ce vers est de Hugo, — comprime tout essor.
En vain dans le cerveau la fibre hâletante,
Grâce au phosphore ardent qui pétille et fermente,
Fatigue des pensers le matériel ressort,
La vision a fui..., ce qui vivait est mort.

Quoi ! vous voulez prêter des formes aux nuages ?
Hamlet rêve qu'il voit dans les airs un chameau.
Allez donc habiter chez les idéophages ;
Tâchez de vous nourrir d'impalpables images ;
Et, quand vous aurez dit : *l'obscur seul c'est le Beau,*
Vous aurez mis un cadre à l'ombre d'un tableau.

LE PAN-IDÉISTE.

Mais c'est le rêve bleu... — c'est elle.... ma chimère,
Mon sublime, mon bien, mon bonheur et ma foi.
C'est ma conquête.... j'en suis le propriétaire ;
Je bois dans l'infini... — Suis-je un fils de la Terre ?
— Non, — incréé.... je suis.... esprit de pur aloi.
— Soumis aux lois de l'être... ? — Eh ? que m'im-
porte à moi !

LE RÉALISTE.

Ah ! le bon billet qu'a Lachâtre !
Comme il est doux de proclamer
Avec la secte inconolâtre
L'X.... Dieu qui peut tout enflammer !
Cavalcadour de la tempête,
Singeant l'apôtre, le poète
Quand il fait l'ange fait la bête....
— C'est *Anankè* qui l'a voulu. —
De Jean-de-Pathmos il procède ;
Lancé comme un vélocipède ,
Il court sans peur, sans aucune aide
Se perdre au fond de l'Absolu !...

La Folle du logis, — mère des songes creux
    Sortis par la corne d'ivoire, —
Lui compose un mirage : Il s'adonise, heureux
    De caresser sa balançoire.
Un jour quelque Critique affreux, — ils le sont tous,—
    Dans un feuilleton de semaine ,
Crucifiera son nom par les vers aigres - doux
    De ce triolet - phénomène :

    Lisez D....l-le-Sidéral,
    Chercheurs d'existences futures :
    Pour nager en plein idéal
    Lisez D...,l-le-Sidéral.
    Il a fait au Transcendental
    Les plus excentriques gageures.
    Lisez D....l-le-Sidéral
    Chercheurs d'existences futures.

LE PAN-IDÉISTE.

Vous seriez trop méchant si vous étiez moins sot.
Mon Idéal n'est point un absurde fétiche,
    Et je suis loin d'être un Derviche
    Tournant sur lui comme un pivot.
    Or, donc ! ne mâchons pas le mot :
Votre Réel, mon cher, — permettez...! — je m'en
                          fiche !

    J'aime mon dada,
    Sa croupe est solide :
    Ma main le brida.
    J'aime mon dada.
    Il escalada
    L'olympe du vide.
    J'aime mon dada,
    Sa croupe est solide.

    Hurrah ! mon griffon,
    Le Ciel est sans fond....

    Il caracole
    Dans l'Ether bleu,
    Il batifole
    Avec le feu.
    Son œil immense
    Est rayonnant
    Quand il s'élance
    Dans l'immanent !...

Par la sambleu! que font là-bas sur terrre,
Attelés à quelques piles d'écus,
Tous ces chauvins que la Fortune altère?
Ces énervés sont-ils des survécus?
O grand Oubli! principe de la vie,
Vers ton zénith j'aspire et crie encor:
Pan-idéal!... la soif inassouvie
M'enlève.... excelsior!... excelsior!...

LE RÉALISTE.

Tintez, grelots, tintez! voici le Dieu Jocose.
Aujourd'hui l'ironie a fait son rire amer.
En entrant sur le turf, la muse est tout éclair,
Mais le vainqueur se voit couronné.... par la prose.

Non, le Réel n'est pas votre ennemi,
Poète ingrat, votre tête malade
A sur son sein bien souvent endormi
Les noirs soucis de son humeur nomade.
Vous blasphémez, — car il vous confia
La mission de parer sa nature.
Si vous tentez d'en faire un paria,
Il pourrait bien se venger de l'injure.

L'Être a de sages lois: que lui font vos dédains?
Dompteur, vous qui joûtez avec la quintessence,
Pour perforer le vent du fer de votre lance
Est-il besoin d'avoir l'aplomb des paladins?

LE PAN-IDÉISTE.

Prud'homme et ses conseils me font toujours sourire.
La Fantaisie a tort de n'être point de chair,
L'Esprit d'être de feu, l'éclair d'être.... l'éclair;
Nature fait un don.... faudra-t-il la maudire?

Laissez rêver ceux que le blond Phébus
A de son doigt marqués pour l'harmonie.
Le Réalisme est un trop dur calus
Pour les cerveaux que hante le génie.
Nous préférons la souffrance infinie :
C'est un cadeau réfractaire à l'humus.

LE RÉALISTE.

Si c'est un don, il est d'une marâtre.
Ah !.,. quond on voit les noms de Malfilâtre,
Gilbert, Moreau, Mürger, irradier
Sur le fronton funèbre des hospices,
La main se prend à vouloir foudroyer
Le lâche auteur de pareils sacrifices.

Fantazzia !... fumée, arbre aux fruits décevants,
Armide des cœurs forts, mère de la *Bohème*...,
Au nom de ces cerveaux dévoyés, anathème !
Au nom de ces martyrs, avis aux survivants.

On n'entend pas crier la faim quand le ciel brille,
Que surgit le printemps du Travail - créateur,
— Appel à tous les bras ! que tout front inventeur
S'ouvre pour le bonheur de l'humaine famille.

Car c'est œuvre sans but, gaspillage de l'Art,
Si, près d'être immortel, le désespoir accable
Un Chatterton râlant son vers inexorable :
« Pauvre, on n'a droit à rien, et, riche, on l'est
                              tröp tard. »

IV.

L'Univers est le temple et la terre est l'autel.

(LAMARTINE. — *Méditations.*)

A J.-B. Rames.

Entendez-vous l'Idéaliste
Chanter que sa lyre dépiste
Le pourchas de la vérité ?
Amas vivant de molécules
Enthousiastes et crédules,
En vain, poète, tu recules
Les bornes de l'Humanité ;

De notre opaque et faible sphère
En vain ton Esprit voudrait faire
Un piédestal à l'Immortel,
Notre orbe n'est point assez ample.... —
Combien vaste serait le temple,
Univers. pour qui te contemple,
Combien petit serait l'autel.

La terre est étroite en surface.
D'ailleurs, n'est-il pas dans l'espace
D'autres trônes plus lumineux ?
Dans l'éther incommensurable,
Les Soleils sont des grains de sable,
Et l'Éternellement - durable
Ne saurait s'arrêter sur eux.

Il voit voluter chaque orbite ;
Lorsque l'un d'eux vers lui gravite,
Il le bénit de son amour.
Au sein de ce concert immense,
La Terre sait qu'elle s'avance....
Et que sur elle se balance
L'aurore de son plus beau jour.

Car sa nature est *perfectible.*
— Croyant !... dans sa marche pénible
N'a-t-elle point eu de retard ?
Vos prétentions sont des mythes.
Ce circulus est sans limites.
Doutez avec Pascal et dites :
« Le vrai centre est-il quelque part ? »

V.

A Émile MAUPAS.

Avec l'échelle du Pourquoi
Nous ne remontons plus aux causes.
Mais quant aux rayons de la Foi,
Ils servent aux apothéoses.

Toute Science dit : « Comment. »
Et si quelque dogme murmure,
Dans un clair-de-lune allemand
Qu'il interroge la Nature.

VI.

IMITÉ DE Henri HEINE.

JOB PÈRE, FILS ET Cie.

A Camille Blanc.

N'étanche pas le sang qui sort de tes blessures :
Laisse couler en paix les larmes de tes yeux.
Brisé par la douleur et ses vives morsures,
Sens-tu pas le plaisir le plus voluptueux ?

O tombeaux !... l'ont dort mieux dans votre solitude.
— La mort est bonne : aussi tout est prédestiné.
Et cependant, malgré sa douce quiétude,
Il vaudrait mieux encor ne jamais être né.

Le Printemps est fleuri. — Dans la forêt résonne
Le chant joyeux poussé par des milliers d'oiseaux.
Jeunes filles et fleurs d'amour tout cœur frissonne,
Monde charmant !... en toi ce qui reluit est faux.

Pourquoi l'ombre ? pourquoi la nuit mélancolique ?
Pourquoi le Mal ? pourquoi le bien-être incomplet ?
— La Loi !... toujours la Loi d'un Dieu *fort* qui
s'applique
En torturant le *faible* à braver son sifflet.

VII.

UNE

RAILLERIE DU ROI CHARLES VI.

A Paul Leblanc.

Jean II, seigneur d'Usson, échangea cette terre
Avec le duc d'Auvergne et reçut en retour
Cinquante mille écus; ce qui fit qu'à la Cour
De son roi Charles VI il vint conter l'affaire.

C'était un vieillard vert que messire Jean-deux.
Veuf, ses enfants morts, n'ayant que des neveux,
Il désirait laisser une noble lignée.
A soixante ans, sa barbe étant drue et soignée.
On parlait dans les fiefs de son prochain convol.
Mais nul n'osait trop haut le traiter de vieux fol,
Quoique pour cet hymen de douteuse espérance
Une enfant de douze ans eût eu la préférence.
Cela faisait gloser, même à la Cour, tout bas;
Et le roi prenait part aux médisants ébats.

Il advint donc que Jean fit acte d'homme - lige.

Il entra, précédé de son puissant prestige,
Mit le genou sur terre avec le glaive nu.
Comme bon, son transfert fut ainsi reconnu.

Charles, le relevant, dit avec courtoisie :
« — Êtes-vous cuirassé contre la Jalousie ?
« Il n'est bruit à Paris que de votre hymen. — Sir
« Oncle Jean, pourriez-vous mes doutes éclaircir ?
« Or çà, que ferez-vous de cette gente fille ?
« Elle n'a que douze ans…. la colombe frétille,
« Mais l'aigle a le plumage et le rostre d'antan. »
« — Je suis, répónd le duc, valide et bien portant.
« Je saurai ménager ma colombe trop jeune :
« L'appétit vient après l'épreuve d'un long jeûne ;
« Et le cep doit grandir avant de provigner.
« Bon roi; n'ayez souci, je saurai l'épargner. »

« — Voire, lui dit le roi, bel oncle, votre mie
« Pourrait dans ses doux feux ne vous épargner mie. »

L'histoire ne dit pas si le seigneur d'Usson
Provigna pour son hoir noble fille ou garçon.

(Tiré du poème ARVERNIA.)

TABLE

www.ingramcontent.com/pod-product-compliance
Lightning Source LLC
Chambersburg PA
CBHW061422170626
46811CB00005B/2086